· 5441m

U0011990

基地營
5300m

一號營

# 高山上的孩子
# 登上聖母峰

石川直樹 著　　　梨木羊 繪　　　謝依玲 譯

我是雪巴人，名字叫普巴。
出生在喜馬拉雅山的山腳下，
在它的陪伴中長大。

這是我家鄉的村莊。

從我出生開始，就過著每天遠望喜馬拉雅山，

和動物一起生活的日子。

我的夢想是登上喜馬拉雅山的群峰。

為了完成夢想，得從運送行李開始練習。

每天背著沉重的行李，

往返於前往世界第一高山聖母峰的道路。

這條路上的每顆石頭我全———部都認識唷。

但是我最遠只能到冰河的入口。
要繼續前進的話， 不但需要工具，
也需要特殊的技能。
好希望能趕快到更遠、 更遠、 更遠的地方呀。

有一天，丹增叔叔叫住了我。
「早呀，普巴。你的腳力實在很不錯呢。
差不多可以開始教你一些登山技巧了。」
我高興的跳了起來。
太好了，終於要登上聖母峰了！

「普ㄆㄨˇ巴ㄅㄚ，你ㄋㄧˇ爬ㄆㄚˊ得ㄉㄜ˙上ㄕㄤˋ
這ㄓㄜˋ片ㄆㄧㄢˋ山ㄕㄢ壁ㄅㄧˋ嗎ㄇㄚ˙？」
這ㄓㄜˋ對ㄉㄨㄟˋ我ㄨㄛˇ來ㄌㄞˊ說ㄕㄨㄛ太ㄊㄞˋ簡ㄐㄧㄢˇ單ㄉㄢ了ㄌㄜ˙！

「也要學習怎麼使用繩索。」
有了繩索，就不會掉到太深的地方。

「有了冰爪，就算是積雪的
斜坡也不用怕。」
雖然有點重，但真不錯！

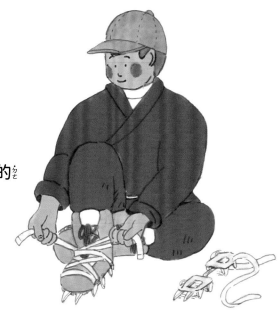

「帶著冰斧會更安全。」
有了冰斧，就可以爬上陡峭的斜坡。

「你真的很有天分。
這是我的工具，送給你，
你可以開始準備登山了。」
「真的嗎？丹增叔叔，謝謝
你！什麼任務都可以交給我！
帳篷也好，睡袋也好，
什麼我都願意背！」

季節來到了春天。
丹增叔叔和普巴的隊伍比誰都還要早到達基地營，
開始搭起餐廳帳與炊事帳。
普巴會在這裡度過整個春天，
所以他仔細的移開所有大石頭，
讓地面變得平整，住起來更舒服。

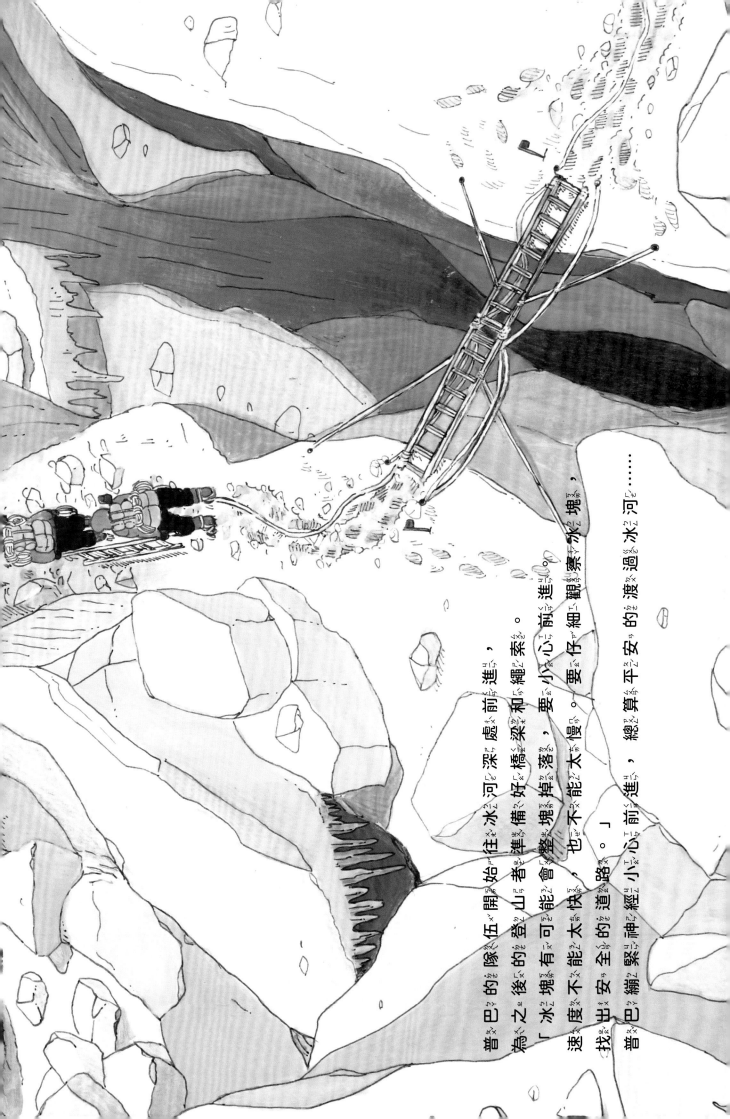

普巴的隊伍開始往冰河深處前進，

為之後的登山隊者準備好橋梁和繩索。

「冰塊可能有塊整會掉落，要小心前進。要仔細觀察縫隙冰塊，

速度不能太快，也不能太慢。

找出安全的道路。」

普巴緊繃神經小心前進，總算平安的渡過冰河……

一號營
5900m

基地營
5300m

昆布冰瀑

彷彿要將人烤焦一般的陽光，從四面八方灑落。照耀著連綿不絕的山谷。

隊伍小心的避開冰隙，以「乙」字形前進，爬上陡峭的斜坡後，

在紮營地搭起另一個帳篷。

「哈ㄏㄚ———哈ㄏㄚ———呼ㄏㄨ———」

終ㄓㄨㄥ於ㄩ要ㄧㄠ開ㄎㄞ始ㄕ準ㄓㄨㄣ備ㄅㄟ登ㄉㄥ上ㄕㄤ峰ㄈㄥ頂ㄉㄧㄥ。

沒ㄇㄟ想ㄒㄧㄤ到ㄉㄠ，剛ㄍㄤ剛ㄍㄤ還ㄏㄞ是ㄕ晴ㄑㄧㄥ朗ㄌㄤ的ㄉㄜ天ㄊㄧㄢ空ㄎㄨㄥ，

突ㄊㄨ然ㄖㄢ湧ㄩㄥ起ㄑㄧ雲ㄩㄣ層ㄘㄥ，將ㄐㄧㄤ隊ㄉㄨㄟ伍ㄨ捲ㄐㄩㄢ進ㄐㄧㄣ吹ㄔㄨㄟ雪ㄒㄩㄝ中ㄓㄨㄥ。

丹ㄉㄢ增ㄗㄥ叔ㄕㄨ叔ㄕㄨ用ㄩㄥ冷ㄌㄥ靜ㄐㄧㄥ的ㄉㄜ聲ㄕㄥ音ㄧㄣ說ㄕㄨㄛ：

「接ㄐㄧㄝ下ㄒㄧㄚ來ㄌㄞ就ㄐㄧㄡ是ㄕ重ㄓㄨㄥ頭ㄊㄡ戲ㄒㄧ了ㄌㄜ。

只ㄓ要ㄧㄠ穿ㄔㄨㄢ過ㄍㄨㄛ雲ㄩㄣ層ㄘㄥ，離ㄌㄧ峰ㄈㄥ頂ㄉㄧㄥ就ㄐㄧㄡ不ㄅㄨ遠ㄩㄢ了ㄌㄜ。」

普巴雖然覺得非常疲倦，
心裡還是非常興奮。
「我現在正在白雲裡，
在每天遠望的喜馬拉雅山裡，
在一個高到幾乎要看不見我的村莊的地方，
我竟然在這裡！」

「叔叔，那是什麼鳥？」
「那是簑羽鶴，牠們不是逆風而行，
而是順著風飛翔。從西藏出發，
越過一座又一座的喜馬拉雅山峰，
到溫暖的印度過冬。」
「是賭上生命的冒險旅程呢。」
「是呀，我們也不能
輸給牠們，加油。」

普ㄆㄨˇ巴ㄅㄚ看ㄎㄢˋ到ㄉㄠˋ鳥ㄋㄧㄠˇ兒ㄦˊ飛ㄈㄟ過ㄍㄨㄛˋ比ㄅㄧˇ雲ㄩㄣˊ層ㄘㄥˊ還ㄏㄞˊ要ㄧㄠˋ高ㄍㄠ的ㄉㄜ山ㄕㄢ峰ㄈㄥ，
覺ㄐㄩㄝˊ得ㄉㄜ身ㄕㄣ體ㄊㄧˇ裡ㄌㄧˇ湧ㄩㄥˇ現ㄒㄧㄢˋ出ㄔㄨ許ㄒㄩˇ多ㄉㄨㄛ力ㄌㄧˋ量ㄌㄧㄤˋ。

在漆黑的夜裡，大家戴著頭燈，往峰頂前進。

「哈———哈———呼———」

為了在日出時到達峰頂，日落前回到基地營，
隊伍得在深夜出發。

往左邊， 可以看到雲海上方浮現聖母峰的影子。
天亮了。

「這是我有生以來迎接過最美麗的清晨了。」
雖然身上穿著厚厚的衣服， 太陽還是照得身體
暖呼呼， 趕走了想睡的心情和疲憊的感覺，
精神也為之一振。

「哈———哈———呼———」
雙腳彷彿自動前進。

這裡就是全世界最高的地方！

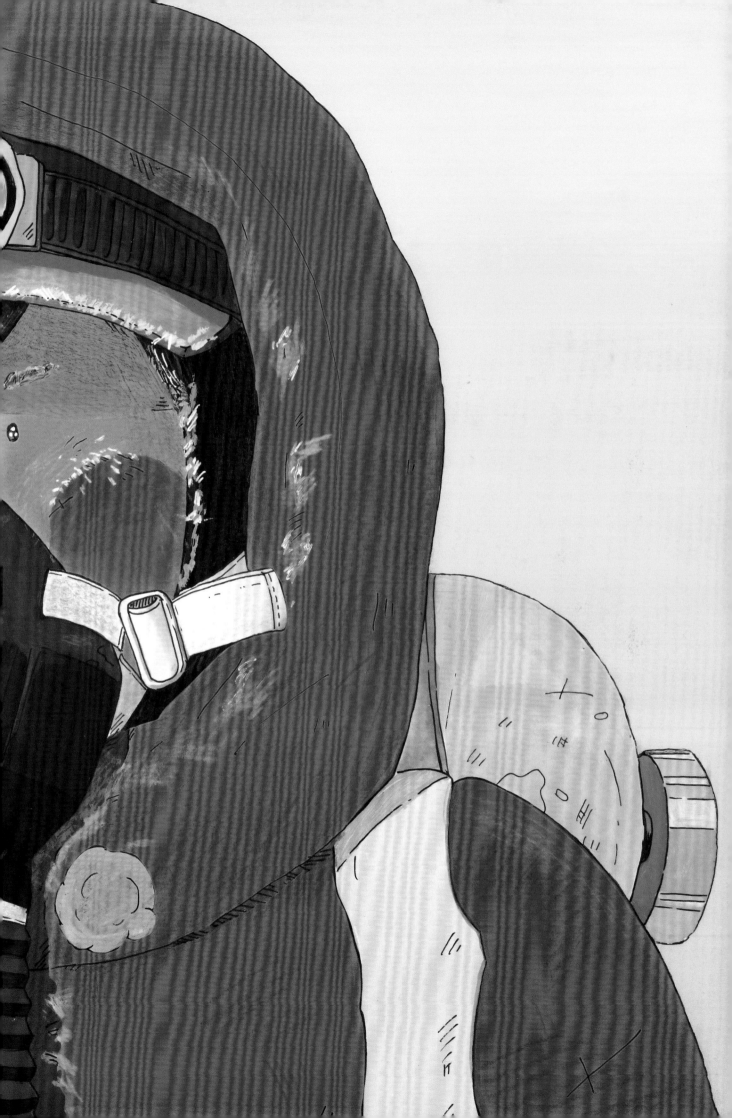

隊伍終於登上峰頂。

雖然一點都不難過，普巴不由自主的掉下了眼淚。

心中百感交集，一句話也說不出來。

整個身體都因為開心而顫抖著。

丹增叔叔看著普巴的身影，感到十分驕傲。

回到基地營的普巴，
受到朋友的熱烈歡迎，
吃了許多好吃的食物，
終於鬆了一口氣。

「雖然才剛回來，
累得東倒西歪的。不知道為什麼，
馬上又想往峰頂前進呢。」

就這樣，
普巴踏出了通往新世界的一步。

雪巴人嚮導丹增‧諾蓋，一九五三年與英國隊的成員艾德蒙‧希拉瑞一起完成聖母峰首次登頂。

Photo（Norgay Tenzing）/ Pictorial Parade / Archive Photos / Getty Image

### 作者的話

位在聖母峰山腳下的昆布地區，是山岳民族雪巴人的生活場域。他們是從西藏越過喜馬拉雅山的人們的後裔，在這裡種田、飼養山羊等家畜，並在春季與秋季的登山季節接待觀光客。

往來喜馬拉雅山的過程中，我結交了許多雪巴人朋友，漸漸產生想讓大家更認識他們的生活的念頭。沒有雪巴人的努力，是不可能平安登上喜馬拉雅山的。在輝煌的登山紀錄背後，請務必想起他們的身影。

## 雪巴人靠登山為生

雪巴人生活在高海拔地區，熟悉高山，身體也已適應這裡的環境，是天生的登山嚮導。聖母峰吸引了各地的登山好手前來挑戰，他們雇用雪巴人為嚮導，或是協助背負登山物資，這份工作收入比一般的工作高，因此成為雪巴人主要的經濟來源之一。

## 作者‧石川直樹

日本知名山岳攝影師和登山者。東京藝術大學藝術研究所博士，特別關注人類學、民俗學，曾兩度登上聖母峰，第一次在二〇〇一年，成為當時成功攀登七大洲最高峰最年輕的人。著有《登上富士山》、《阿拉斯加最高山》等書，以及多部山岳主題攝影集。榮獲「講談社出版文化獎」、「日本攝影協會作家獎」等，並多次舉辦巡迴攝影展。《登上聖母峰》是「高山上的孩子」系列的第一本，此系列還有《喜馬拉雅山的禮物》與《攀登火星山脈》。

作者個人網站 http://www.straightree.com/

## 繪者‧梨木羊

新人插畫家，《登上聖母峰》是她的第一部繪本作品。同系列著作還有《喜馬拉雅山的禮物》、《攀登火星山脈》。

## 譯者‧謝依玲

在臺灣學科學，在日本學兒童文學，喜歡研究繪本歷史，跟著繪本在不同國家與時空中旅行。著有《帶著童書去旅行》、《歐洲獵書80天》，譯有多本日文繪本。

 小麥田繪本館
シェルパのポルパ エベレストにのぼる

小麥田 高山上的孩子：登上聖母峰

| | | |
|---|---|---|
| 作　　者 | 石川直樹 | |
| 繪　　者 | 梨木羊 | |
| 譯　　者 | 謝依玲 | |
| 封面設計 | 江宜蔚 | |
| 美術編排 | 江宜蔚 | |
| 責任編輯 | 蔡依帆 | |
| 國際版權 | 吳玲緯 | |
| 行　　銷 | 闕志勳 吳宇軒 | |
| 業　　務 | 李再星 李振東 陳美燕 | |
| 總 編 輯 | 巫維珍 | |
| 編輯總監 | 劉麗真 | |
| 發 行 人 | 涂玉雲 | |

出　　版　小麥田出版
10483 台北市中山區民生東路二段 141 號 5 樓
電話：(02)2500-7696 ｜ 傳真：(02)2500-1967

發　　行　英屬蓋曼群島商家庭傳媒股份有限公司
城邦分公司
10483 台北市中山區民生東路二段 141 號 11 樓
網址：http://www.cite.com.tw
客服專線：(02)2500-7718 ｜ 2500-7719
24 小時傳真專線：(02)2500-1990 ｜ 2500-1991
服務時間：週一至週五 09:30-12:00 ｜ 13:30-17:00
劃撥帳號：19863813　戶名：書虫股份有限公司
讀者服務信箱：service@readingclub.com.tw

香港發行所　城邦（香港）出版集團有限公司
香港灣仔駱克道 193 號東超商業中心 1/F
電話：852-2508 6231
傳真：852-2578 9337

馬新發行所　城邦（馬新）出版集團 Cite(M) Sdn. Bhd
41, Jalan Radin Anum,
Bandar Baru Sri Petaling,
57000 Kuala Lumpur, Malaysia.
電話：+603 9056 3833
傳真：+603 9057 6622
讀者服務信箱：services@cite.my

麥田部落格　http:// ryefield.pixnet.net
印　　刷　漾格科技股份有限公司

初　　版　2023 年 8 月
售　　價　360 元
版權所有 翻印必究
ISBN 978-626-7281-15-4
EISBN 9786267281246 (EPUB)
本書若有缺頁、破損、裝訂錯誤，請寄回更換。

SHERUPA NO PORUPA: EBERESUTO NI NOBORU(vol. 1)
by Naoki Ishikawa
illustrated by Yo Nashiki
Text Copyright © 2020 by Naoki Ishikawa
Illustrations Copyright © 2020 by Yo Nashiki
Originally published in 2020 by Iwanami Shoten, Publishers, Tokyo.
This complex Chinese edition published in 2023
by Rye Field Publications, a division of Cite Publishing Ltd., Taipei City
by arrangement with Iwanami Shoten, Publishers, Tokyo
through AMANN CO., LTD. Taipei.All rights reserved.

國家圖書館出版品預行編目資料

高山上的孩子：登上聖母峰 / 石川直樹著；梨木羊繪；謝依玲譯. -- 初版. -- 臺北市：小麥田出版：英屬蓋曼群島商家庭傳媒股份有限公司城邦分公司發行, 2023.08
　面；　公分. -- (小麥田繪本館 )
國語注音
譯目：シェルパのポルパ：エベレストにのぼる
ISBN 978-626-7281-15-4( 精裝 )

861.599　　　　　　　　　　　　　112005318

城邦讀書花園
www.cite.com.tw
書店網址：www.cite.com.tw

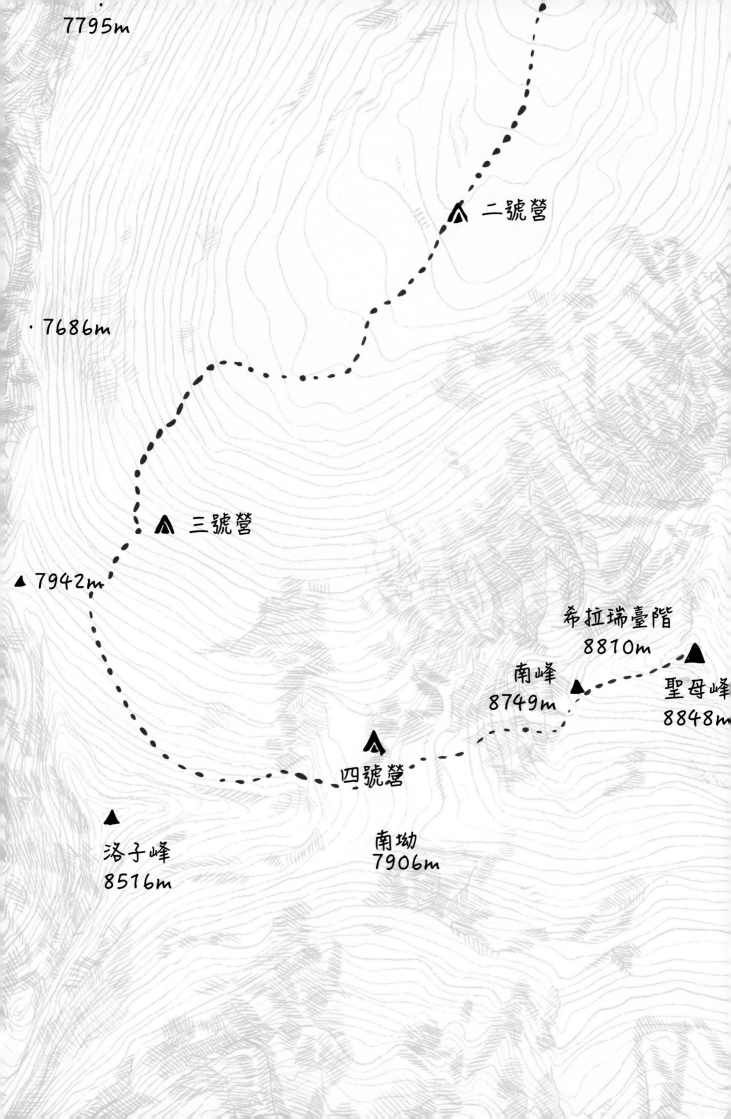

7795m

二號營

·7686m

三號營

▲7942m

希拉瑞臺階
8810m

南峰
8749m

聖母峰
8848m

四號營

▲
洛子峰
8516m

南坳
7906m